Pile et Poil

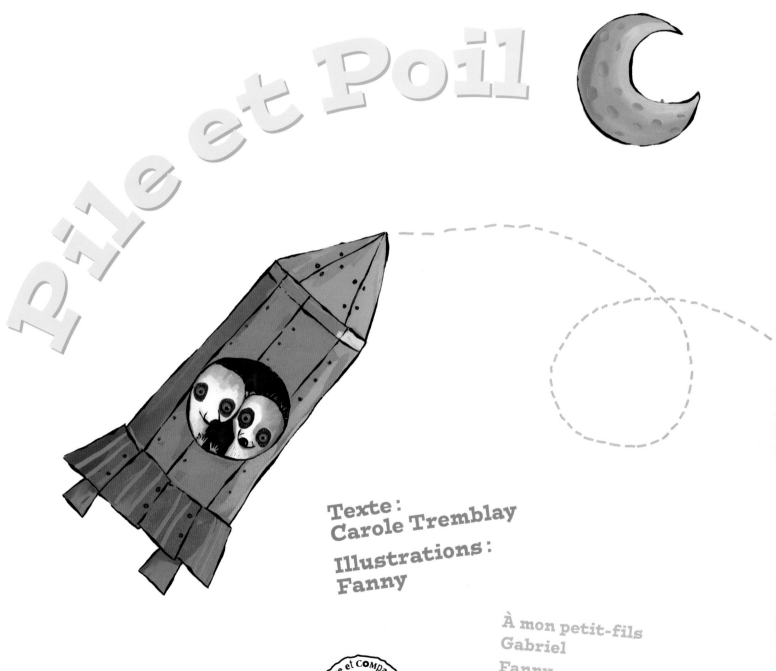

Texte :
Carole Tremblay

Illustrations :
Fanny

À mon petit-fils
Gabriel
Fanny

Dominique et compagnie

Pile et Poil ont un projet. Un projet grandiose.
Ils vont aller sur la Lune. Et de là-bas,
ils salueront de la main grand-maman Sandra
qui s'ennuie sûrement toute seule dans
sa maison.
Le seul problème, c'est qu'il faut s'y rendre.
Et c'est très loin, la Lune.

Pile et Poil vont à la gare consulter
l'horaire des trains. Les trains font
le tour de la Terre, dans les moindres
coins et recoins. Ils passent même
sur des ponts très longs et dans
de sombres tunnels. Mais pas un seul
ne s'envole vers la Lune.

Les deux petits voyageurs étudient
le circuit des autobus. On peut traverser
des forêts de sapins, des champs de blé
et des déserts de cactus en autobus.
Mais pas aller sur la Lune.
Pile et Poil auront sûrement plus de
chance avec les avions.

À l'aéroport, un gentil monsieur explique aux
deux cousins que les avions ne se rendent pas sur la Lune.
Les avions ne vont peut-être pas jusque-là, pensent
les deux coquins, mais ils font quand même
un bon bout de chemin. Pile et Poil décident de se rendre
jusqu'aux nuages. Ils verront par la suite
comment faire le reste du trajet.

Dans l'avion qui les emmène vers le ciel, Pile et Poil
mangent des spaghettis, regardent un film et font
une sieste la tête appuyée sur un tout petit oreiller.
Ils s'amusent bien. Ils en oublient presque
qu'ils doivent aller sur la Lune.

C'est seulement lorsque l'avion commence
à redescendre que les deux cousins
se rappellent qu'ils ont une mission.
Pile ouvre la porte pour laisser passer Poil.
Ils sautent tous les deux sur un nuage.
Oh ! Le nuage est vraiment trop mou.
Pile et Poil passent à travers. Ils tombent vers
la Terre à une vitesse extravagante.

Par chance, Pile avait apporté un parachute.

Ils peuvent se poser sans problème.

Sauf qu'ils atterrissent dans la jungle.

Une jungle qu'ils ne connaissent pas.

Et qui n'a pas l'air de vouloir être leur amie.

Par bonheur, Poil avait pensé à apporter
sa trottinette électrique. Les deux croquignoles
peuvent échapper à toutes les dangereuses
bestioles qui les pourchassent.

Pile et Poil voient une montagne qui se dessine
dans le lointain. Une trrrrrès haute montagne.
Ce n'est pas la Lune, mais c'est un début,
se disent les cousins.

Pile et Poil escaladent la montagne.
De là-haut, on voit presque la Terre entière.

Mais la Lune est encore loin.
Poil monte sur les épaules de Pile.
Ce n'est pas encore assez.
La Lune est toujours hors de portée.

Il ne reste plus qu'une solution :
il faut construire une fusée.
Ça tombe bien, Poil a apporté son marteau.

La fusée est prête à décoller.
C'est Pile qui conduit.
Mais quand on n'a jamais piloté
de fusée, ce n'est pas facile...

La fusée effectue des pirouettes
et des cabrioles dans le ciel.
Elle fait des boucles et des piqués.
Et fzzzzz... Après une double culbute,
elle plonge dans l'océan.

Ce qui est merveilleux, c'est que Pile
avait apporté une rame. Pile et Poil peuvent
rentrer à la maison.

Il est tard maintenant. Les deux cousins
se sont bien amusés, mais ils sont un peu déçus.
Ils auraient bien aimé aller sur la Lune
pour saluer de la main grand-maman Sandra.
Mais...

Qu'est-ce qu'on voit, là, sur la Lune ?

C'est grand-maman Sandra qui leur fait
un signe de la main ! Oh ! Elle leur lance
quelque chose. C'est une corde !
Pile et Poil l'attrapent et se hissent,
se hissent jusqu'à la Lune.
Mais comment grand-maman Sandra
a-t-elle fait pour se rendre jusqu'ici ?

Elle est venue avec des amis !
Pile et Poil s'en faisaient pour rien.
Elle ne s'ennuie pas tant que ça,
grand-maman Sandra.

Catalogage avant publication de Bibliothèque et Archives nationales du Québec et Bibliothèque et Archives Canada

Tremblay, Carole. Pile et Poil. Pour enfants. ISBN 978-2-89512-906-6

I. Fanny. II. Titre. PS8589.R394P54 2010 jC843'.54 C2010-940550-1 PS9589.R394P54 2010

© Les éditions Héritage inc. 2010. Tous droits réservés. Dépôt légal : 4e trimestre 2010
www.dominiqueetcompagnie.com

Directrice de collection : Lucie Papineau. Direction artistique et graphisme : Primeau Barey

Imprimé en Chine

Nous remercions le Conseil des Arts du Canada de l'aide accordée à notre programme de publication.

Nous reconnaissons l'aide financière du gouvernement du Canada par l'entremise du Fonds du livre du Canada pour nos activités d'édition.

Gouvernement du Québec – Programme d'édition et programme de crédit d'impôt – Gestion SODEC.